KB058569

우리 이만 헤어져요

이혼 변호사 최변 일기

우리 이만 헤어져요

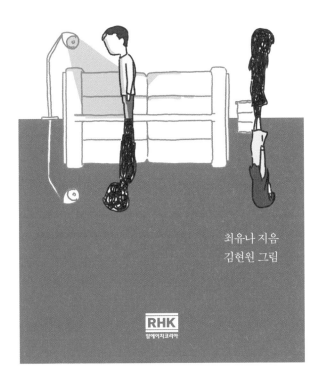

최유나 지음
김현원 그림

RHK
알에이치코리아

혼자 있을 때
제일 편하다는 사람이 있다.

그런데 혼자가
가장 행복하냐고 물으면

그렇다고 대답할 사람은
많지 않은 것 같다.

편안함과 행복감은
약간 다른 것이기에.

혼자 있는 게 편한 걸 알면서도

끝없이 행복을 추구하는 우리는

그렇게 계속 사랑을 하고

이 사람과 함께 살고 싶다는
진실인지 착각인지 모를
그 감정을

선택한 그 순간,

둘이 되어 사는 삶이 시작된다.

시작된다..

우리 저녁
언제 먹어?

나보고 차리라고?
나도 지금 퇴근했다!

아니~
언제 먹을거냐고
물어본 거지00

누군가와 함께하는 것은
불편한 것이란 걸
다 알고 있었는데도

타인을 가족으로 맞는 것은
모두가 처음이기에

끝나지 않을 것 같던 다툼의 끝에
불편함과 행복감 어디쯤에서
타협점을 찾기도 하고

더 큰 행복을 알게 되기도 하고

둘이 아닌 다시 하나로서의
행복을 택하기도 한다.

사람은 그렇게 만나고 헤어진다.
그렇게 결혼도 하고 이혼도 한다.

둘이 되어 사는 결혼
그리고 다시 하나가 되는 이혼.

그 이혼을 돕기도, 막기도 하는
변호사의 이야기.

2장_ 특기는 싸움, 취미는 위로

3장_ 우리 이만 헤어져요

4장_ 다 행복하자고 하는 일이니까

1장

그렇게,
이혼 변호사가
되었습니다

_____ 변호사가 될 줄은 몰랐네

학창 시절, 친한 친구의 고민.

밤새 고민한 위로법…

그것은 '말'이 아닌
'옆에 있어주는 것.'

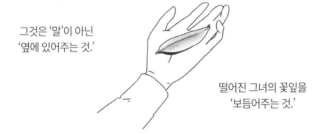

떨어진 그녀의 꽃잎을
'보듬어주는 것.'

마음을 다해 대해주는 것.

그때, 친구의 미소는
내게 큰 행복으로 다가왔다.

백 마디 지적보다
위로가 먼저였다.

이혼하셔도 널 사랑하지
않는 게 아니잖아. 또 양쪽에서
용돈을 받을 수도 있고.

오?

이런 건
부모님이 모르실걸?

조언과 해결은 그다음이다.
일종의 단짠단짠이랄까?

난 친구들에게 상담해주는 걸 좋아했다.

공부 문제··· 집안 문제···

특히 연애 문제ㅎㅎ

뭐랄까, 상담해주고 조언해줬는데
상황이 나아졌을 때의 기쁨?

희열.
좋은 느낌.
내가 좀 더 '쓸모 있는 사람'이고,
'필요한 사람'이 된 것 같은 기분.

그때의 영향 때문일까?
대학에서 영어를 전공한 내가

변호사가 될 줄은 몰랐네.

어차피 떠들 건데
나가 있어!

중2 기술·산업 시간이었다. 선생님이 들어오시더니, 대뜸 "최유나는 일단 나가 있어"라고 하시는 거다. 왜냐고 물으니, 선생님 대답.

"너는 어차피 떠들어서 수업에 방해가 될 거니까 그냥 나가 있어."

나는 중·고등학교 시절 매일매일을 재밌는 것으로 가득 채워서 즐기는 학생이었다. 돌만 굴러가도 웃는다는 게 딱 내 이야기였던 것 같다. 사람을 좋아하고 말하는 건 더 좋아하다 보니, 수업 시간마다 짝꿍에게 말을 걸어댔고, 말을 못 하면 편지라도 썼다. 당연히, 선생님께 마냥 사랑받는 학생일 수 없었다. 한번은 동네 독서실 사장님이 내게 "새로운 학생을 받을 때 '너 최유나 알아?' 하고 물어본다"고 하시며, "최유나 아는 사람이 들어오면 독서실이 시끄러워지니 접수를 안 받는다"고 하소연 하신 적도 있을 정도였다.

왜 이렇게 친구들이 궁금하고 또 궁금했는지. 사람에 대한 궁금증이 유독 많았기 때문인지 항상 상담사나 중재자를 미래의 내 직업으로 상상하곤 했다.

사람은 안 변한다더니 8년 차 변호사인 나는 아직도 누군가와 이야기 나누는 게 전혀 힘들지 않다. 새로운 사람의 스토리를 듣고, 공감대를 형성하고, 위로나 조언을 건네는 일은 여전히 내게 가장 흥미로운 일이다. 내 직업에 항상 감사하고 또 감사한다.

_____ 아버지가 옳았어요

스물세 살의 어느 날,
아버지가 학교로 찾아오셨다.

그렇게 법 공부를 시작한 나는
마침내 변호사 시험에 합격했다.

항상 내 옆에서 친구처럼 멘토처럼
내 미래를 함께 모색해주던,
곁에서 영원할 것 같던 나의 아버지는

내가 변호사가 되던 그해에 돌아가셨다.
아버지의 직감대로 변호사는
내 천직이었다.

내 첫 직장은 인천이었는데,
이혼 사건이 정말 많았다.

또 이혼 소송을 맡았다.
요새 연속 몇 번째더라?

내가 여자 변호사이기 때문일까?
아니면 인천이 이혼율 1위이기 때문일까?

이혼 소송은 상담이 중요했다.
그리고 난 상담이 좋았다.

제가 외도를
안 할 수가 없습니다.
변호사님은 진짜
모르실 거예요.

본인이
아닌 이상.

문제는…

어떨 때는 내가 이중인격자가
아닌가 싶게 이쪽저쪽에
번갈아 서야 한다는 것이었다.

늦지 않게 와.
이번 일 잘
설계해야지.

오늘
김 변호사랑
골프 약속.

힘들었다.
변호사의 삶은 TV와 달랐다.

상담해주는 걸 좋아해
시작한 일이었지만,

정작 날 상담해주는 사람은… 없었다.

출근, 포스트잇…
밤새 쌓인 이혼 상담 내용.

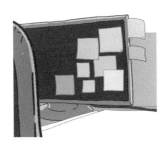

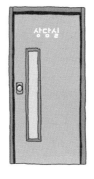

계속되는
상담… 상담… 상담…

폭언으로 받은
원고의 정신적 피해는
가늠조차 할 수
없을 것입니다.

원고서

재판… 재판… 재판…

23:02

따르르르르릉!

좋아하는 일이지만, 벅차기도 하다.

띵동!

이렇게 난 이혼 변호사가 되어갔다.

변호사의 역할은
어디까지?

드라마 속 변호사들이 그렇게 얄미웠다. 그 어떤 위험한 상황해서도 전화 한 통 걸면 어디서든 달려와주는, 법정에서는 당사자보다 더 분노하며 상대방을 꼼짝도 못 하게 하는 그 변호사들이.

현실은 드라마와 많이 다르다. 변호사 초창기, 이 많은 사건과 의뢰인 들을 어떻게 다 감당해야 할지 갈피를 잡지 못하는 상황에서, 드라마 속 변호사의 모습을 기대하는 많은 의뢰인들 때문에 벅차고 힘든 적이 많았다. 시도 때도 없이 전화가 왔고, 전화를 받았다. 핸드폰에는 부재중 전화 수십 통이 찍혀 있고, 사무실에 들어오면 전화 달라는 포스트잇이 다닥다닥 붙어 있었다. 재판에 다녀와서 전화 한번 쭉 돌리고 나면 하루가 다 가버렸다. 꼭 필요한 전화도 있었지만, 마음이 불안하다며 걸려온 전화가 더 많았다.

변호사 말 한마디라도 더 듣고 싶었던 의뢰인들은 나와의 통화에 안심했을지 모르지만, 나는 점점 법률 서면을 작성할 시간이 부족해졌다. 목은 항상 따끔거렸다. 내 시간과 능력은 제한적인데 할 게 자꾸 늘어나니, 일의 효율은 떨어져 갔다. '어디까지가 내 역할일까'에 대한 고민이 수년간 이어졌다.

드라마 속 변호사들은 딱 한 사건만 맡는다. 그런데 현실의 변호사들은 동시에, 적게는 1인당 30건 많게는 70~80건씩 사건을 진행한다. 의뢰인과의 소통을 잘 해 나가면서 내가 해야 하는 서면 업무, 상대방 변호사와의 합의 업무, 새로운 건에 대한 상담 업무 들을 해 나가려면 우선순위가 있어야 했다.

따뜻한 위로를 드리는 것도 중요하지만, 때로는 똑같은 설명을 여러 번 반복할 시간에 의뢰인의 권리를 위해 판례 한 줄이라도 더 찾아보는 게 낫기도 하다. 그렇다 보니, 소송을 진행하며 "변호사님 정말 따뜻하다, 감사하다" 하는 소리도 듣지만, "변호사님 너무 차갑다"는 소리도 동시에 듣는다. 그럴 수밖에 없고, 그래야 한다.

　사건에서 가장 중요한 것이 무엇인지 파악해 우선순위를 정한다. 우선순위의 기준은 의뢰인에게 달려 있다. 어떤 이는 그저 이혼만 시켜달라고, 돈이고 뭐고 필요 없다고 내 손을 움켜잡는다. 그분에게는 이혼 판결과 위로의 말들이 우선이다. 물론, 최대한 재산의 많은 몫을 갖고 싶다는 이에게는 금전적 보상이 우선이다. 그 우선되는 부분을 파악하고 그에 맞춰 내 일을 해나간다. 타인의 시선이나 평가가 아닌, 바로 그 부분이 나의 우선순위다. 그렇게, 나는 이혼 변호사가 되었다.

대학 때 베프가 결혼을 하게 되었다.

베프가 결혼한다니까 기쁘기도 하고
약간 이상하기도 하고.

정신없이 일하던 중
화환을 주문 안 해놨다는 게
뒤늦게 기억났다.

그리고 결혼식.

그날의 화환 참사… 해명하느라
죽는 줄 알았다.

또 다른 지인의 결혼식.

저번의 참사를 교훈 삼아서.

만반의 준비 끝에
화환도 예쁘게 도착했고

긴장
되네….

디링

한 달간 우리 로펌에서
준비한 축가도 부르게 되었다.

축가는 특별히
밴드 공연으로
준비하셨다고 하네요.
정말 능력자들이죠?

준비 많이
했나 봐.

그러게 ♥

자,
시작해볼까~ ♥

와아ー

내 역할은 피아노 연주!

우리는 또 생각 없이
로펌 명함을 건넸고
사회자는 리허설을 하지 않았다….

그 후로 조심해서
결혼식 참사는 없어졌지만
그래도 난감한 부분은 있다.

우리 최 변호사
오랜만이야~

아, 네~
안녕하셨어요.

여기 좀
앉아봐요~

아 네~

아니 글쎄,
이이가 낚시한다고
3일 동안 안 들어오고
그러는데

이것도
이혼 사유
되죠?

나만 보면 이혼에 대해 물으시다가
갑분싸가 되기 일쑤.

이혼 변호사의
결혼 축가

대학생 밴드, 직장인 밴드의 꿈을 쭉 키워오던 나는 한참이 지나서야 그 꿈을 이뤘다. 거창한 건 전혀 없다. 그냥 매주 수요일 저녁 6시 내 방에서 함께 일하는 직원 몇 분과 각자 할 수 있는 악기로, 완성도는 전혀 고려하지 않고 음악을 연주하는 것. 상담이 잡히거나 일이 있으면 자유롭게 빠질 수 있는, 구속력이 전혀 없는 모임이다 보니 한 달에 한두 번 합주하기도 쉽지 않다. 그래도 내 삶에서 빼놓을 수 없는 즐거움 중 하나다.

사무실 직원의 결혼식에서 우리는 두 번 축가를 했다. 그렇게 무대 경험이 조금씩 쌓이고 있다. 첫 번째 축가는 악기 없이 아카펠라를 했다가 큰 웃음을 준 무대가 됐고, 두 번째 축가는 몇 개의 악기가 추가되어 그래도 평범한 박수 정도는 받았다.

이혼 변호사가 결혼 축가라니 좀 그렇지 않나, 묵직한 마음도 들었지만 행복한 결혼을 응원하는 마음만큼은 뒤지지 않을 자신이 있으니. 앞으로도 연습은 계속될 것이다!

병원도 못 가겠네, 참

말을 많이 하다 보니
목이 자주 붓는다.

콜록
콜록

여기 원장님
너무 좋으시지?

맞아, 맞아~

인기
좋으시네….

진짜 친절하시고
성격도 좋으시고
등등

환자도 다
기억하신다니까?
기억력도 좋으셔~

… 어디서 많이 본 사람이다.

5년 전.

남편이 의사인데...
어린 간호사랑
바람이 났어요.

저런...

혹시 외도 증거는
있으신가요?

병원 라커 룸
CCTV에
찍혔어요.

라커 룸 CCTV?
이건 병원 CCTV일 리가 없다.

그렇게 의뢰인은 울며 돌아갔다.

그렇게까지 할 수밖에 없는 의뢰인이
이해가 안 되는 건 아니다.

하지만 의뢰인이 위험해질 수 있는
증거는 피하는 게 옳다.

며칠 뒤.

변호사님!
변호사님!!

잡았어요!
증거!!

녹음
해왔어요!!

맞아요….
죄송하긴 한데
이왕 이렇게 된 거…

원장님이랑
빨리 끝내시는 게
어떨까요?

핸드폰 안에는 의뢰인과
불륜 간호사의 대화 내용이
녹음되어 있었고…

그 녹취록이 증거가 되어
결국 위자료 판결을 받았다.

…

…

저도
사랑이거든요?

54

제1진료실

아-
주사 안 맞아도
될 것 같아요~

감사합니다~

……

……

으아
아아앙

내가 왜 도망치는 거지?ㅠㅠ
잘못한 것도 없는데~ㅠ

도망자여~♩

도망자여~♪

폭력의 공포 앞에서

이혼 상담을 하다 보면 폭행은
연령대와 상관없이 항상 존재한다.

왜… 왜 잘못 없는
사람이 잘못을 빌어야 할까.

결혼 전, 난 기막힌 경험을 했었다.

의뢰인들에게 왜 잘못도 없이 빌고 또
빌었냐고 더는 물을 필요가 없어졌다.

그때 나는 변호사 최유나도,
인간 최유나도 아니었다.

폭력의 공포 앞에서 난, 그저 살기 위해
몸부림칠 수밖에 없었다.

누군가의 도움이 절실히 필요했던
그 순간.

다음 날, 그 근처 가게를
모두 뒤져 그분을 찾아
감사 인사를 드렸다.

감사
합니다….

정말
감사합니다.

아유,
뭘요~

아가씨,
꼭 고소하세요.

제가 증인으로
나갈 테니까요.
아셨죠?

하지만 죄송스럽게도
난 그 운전자를 고소하지 못했다.
혹시나 모를 보복이 두려워서였을까.

네…
그럴게요….

변호사님,
의뢰인
오셨습니다.

아,
네에~

대신, 그분이 내게 그랬듯
폭력에 갇혀 있는 분들을
더 진심으로 돕겠다고 다짐했다.

진짜 두려움을
깨닫다

2013년 가을쯤이었던 것 같다. 퇴근 후, 중학교 동창들과 한강에서 맥주 마실 생각에 너무 들떠서 속력을 냈다. 그때까지만 해도 운전이 익숙지 않아서 누가 경적만 울리면 '내가 뭐 잘못한 게 아닌가' 싶었다. 그날도 누군가가 뒤에서 경적을 세게 울렸다. 사이드미러와 룸미러를 번갈아 쳐다보며 내가 무언가 잘못하고 있나 두리번거리던 찰나. 옆 차선 차량 운전자인 60대 남자가 소리를 지르고 욕을 하며 내 주위를 빙빙 돌다가 급기야 차선을 바꿔 앞으로 획 치고 나가더니 차를 돌려세워 내 차를 가로막았다.

너무 갑작스러운 데다 처음 당하는 일이다 보니, '누가 시비를 걸면 절대 차에서 내려선 안 된다' '시동을 끄면 블랙박스가 꺼지니까 시동을 꺼선 안 된다' 등 주변에서 들었던 이야기들이 전혀 기억나지 않았다. 바로 시동을 끄고 차에서 내려 "무슨 일이세요?" 하고 물었다. 그 순간, 곧 나를 때릴 듯한 허공 주먹질과, 폭언이 시작됐다.

　나는 나 자신의 태도에 매우 경악했다. 합리라고는 전혀 찾아볼 수 없는 이 상황에서 변호사를 업으로 하는 나는 그저 "잘못했어요" "살려주세요"라는 말만 내뱉고 있었다. 두 손은 고장이라도 난 듯 자동으로 그 사람을 향해 빌고 있었고, 너무 무서워 눈물조차 나지 않았다. 언어를 전공하고 법을 공부한 내가, 언어와 법이 전혀 통하지 않는 상황을 경험하는 순간이었다.

　이후 가정 폭력 사건을 다룰 때면, 분노뿐 아니라 공포에 대해서도 공감할 수 있었다. 물론 그날 내게 실제로 물리력이 행사된 건 아니었지만, 그것이 어떠한 종류의 공포인지는 충분히 짐작하고도 남았다.

　이 에피소드를 업로드하고 나서 폭발적인 댓글들이 달렸다. 실제로 이런 일을 겪은 사람들이 너무나 많다는 사실에 새삼 놀랐다. 참 많은 사람들이 겪고 있는 일들, 그러나 누구에게도 먼저 꺼내지 못하는 이야기들.

　만화에서는 횟집 사장님으로 등장하지만, 실제 나의 은인은 인천 학익동 핸드폰 가게의 사장님이었다. 한참 시간이 흘러 그분을 만났을 때 그분은 왜 자신을 증인으로 부르지 않았냐며 고소했느냐고 물으셨다. 그 말씀에 감사하고 또 죄송했다. 사실, 시동을 끄기 전까지 녹화된 블랙박스에는 그 60대 남자 운전자의 차 번호와 욕설을 퍼붓는 목소리, 얼굴까지 모두 특정할 수 있을 정도의 영상이 담겨 있었다. 그러나 나는 부끄럽게도 보복이 두려워 그를 고소하지 못했다. 폭력의 공포가 얼마나 큰 두려움을 낳을 수 있는지 그제야 뼛속 깊이 깨달을 수 있었다.

　공포에 떨던 나를 외면하지 않고 나선 그 사장님을 생각한다. 세상을 바꾸는 데 묵묵히 자신이 할 수 있는 것을 하는 사람들. 그들에게 배우고 또 배운다.

_____ 내가 머리를 기르는 이유

변호사 5년 차쯤의 어느 날.

그날의 상담은 1시간가량 계속되었다.

나 홀로 소송인가?

뭐, 변호사 없이 하는 거 해봐야죠.

쏴아

그 사람이 절대 변호사님에게

보복하거나 그러진 않을 거예요.

무서우시죠…. 죄송해요….

그래서 남편분은…

살인죄로 몇 년째 복역 중이신가요?

5년이 다 되어가네요.

초등학생이던 애들이 중·고등학생이 됐으니….

그동안 숱한 케이스를 접했다.
그런데 살인이라니….

아무렇지도 않다면 거짓말이다.

조용조용한
사람이었는데…

욱하는 성격도
아니고.

그러셨군요….

아이들에게도
좋은 아빠였나요?

일반적인 아빠였고
저하고도 좋았어요.

까하~

그 사람은
이혼 안 한다고
할 텐데…

저 이혼할 수
있을까요?

네.

제가 알아서
해드릴 테니 걱정
말고 계세요.

그리고 첫 번째 기일.

재판장님,

살인이라는 용서받기 힘든 짓을 한 사람과 혼인을 지속할 수는 없습니다.

피고가 수감 생활을 하는 동안 원고는 쭉 면회도 오고 편지도 써왔습니다.

혼인은 파탄 나지 않았습니다.

혼인은 이미 5년 전에 파탄 났습니다.

이제껏 원고는 아이들 아빠에게 도리를 다한 것뿐입니다.

서로 증거 내실 거 있으시면 더 내주시고,

다음 기일에 종결하겠습니다.

피고는 역시 이혼을 안 하고 싶어 했다.

다음 기일에도 피고 측은
변호사만이 모습을 보였다.

피고가 출석했다.

헉

원고 측
변론하시죠.

내 삶에 매번 찾아오는, 개인인 '나'와
변호사인 '최변' 사이의 딜레마.

… 원고?
변론하시죠?!

원고는 강력히
이혼을 원하고 있고,
이 혼인 관계는 이미
파탄 났습니다.

원고 측의 고통이
계속되지 않도록 이혼
판결해주십시오.

쓰윽

무섭다
ㅠㅠ

피고 측도
변론하세요.

이 사건은 결국 이혼 판결로 마무리되었다.
그나저나 이때 일이 부끄럽지만
내가 머리를 기르는 이유다.

변호사님! 왜 말 바꿔요?

변호사는 가치관과 도덕관이
뚜렷한 사람으로 종종 여겨진다.

그런데 법정에서는 아니다.

최근 재판 중, 남편의 외도로 내연녀에게
위자료를 청구한 사건이 있었다.

재판장님.

백허그한 것 가지고는 외도라 단정할 수 없습니다.

친한 친구 사이에도 이 정도 스킨십은 할 수 있습니다.

….

골똘

외도는 억측입니다.

앞에 보시면 생일 케이크가 놓여 있습니다.

생일날, 남녀가 친구 사이라면 단둘이 만난다는 게 극히 어색한 일입니다.

음…

애매하네요.

그 상대 변호사를 다시 만난 건
바로 며칠 후였다.

다른 사건에서 서로 입장이 바뀐 채.

누가 변호사가 가치관이
뚜렷하다고 했나요….

변호사가 되고 첫 증인 신문이
종종 기억난다.

증인
입장하세요.

네.

....

이 증인의 부인이,
증인의 외도 상대인 내연녀에게
손해 배상을 청구한 사건이었는데

피고(내연녀)가 외도 사실을 계속 부인하자,
남편을 증인 신청하게 되었다.

TV, 모의 법정에서나 봤던 증인 신문을
직접 하는 것이 처음이었던 나는…

증인께서는
피고와의
'부정행위'가
이루어진

특정 숙박업소의
명칭을 혹시
기억하십니까?!

탓

…. …. ….

혹시 모텔이
어디냐는 말이오?

…. 아. 네네.

그 모텔
어디예요?

내 완곡 어법을 듣고
직접적으로 질문을 수정해주는
증인에게 오히려 고마웠다.

낯짝도
없지요.

나는 빙빙 돌렸고 증인은 솔직했고
피고는 분노했다.

부들
부들

변호사님.

법정에서는
대리인과 증인의
자격으로 계신 거니,

증인이 어르신이어도
과하게 예의를 차리며
신문하실 필요는
없습니다.

네!
알겠습니다!!

판사님의 충고는 내 역할에 대해
자각하게 된 계기가 되었다.

결국, 증인(원고 남편)이 피고에게
보낸 금액을 고려하여
일반 내연 사건보다 피고(내연녀)에게
위자료가 높게 책정되었다.

증인이 이토록 솔직하고 당당한 것은
죄의식이 전혀 없기
때문이라는 것을 알게 되었다.

그리고 그날 판사님의 충고를 들은
나는 더 날카로운 증인 신문법을
개발하기 시작했다.

법정은 합법적
싸움의 장소

첫 회사에서 맡았던 많은 사건들 중 강렬한 기억으로 남아 있는 사건이 있다. 남편이 운영하는 식당의 종업원과 남편이 외도를 하여 부인이 내연녀에게 손해 배상을 청구했던 70대 부부의 사건이었다. 나는 원고 측 대리를 맡았고 문자 메시지 내용, 모텔 결제 내역, 원고가 피고에게 용돈을 송금한 내역 등을 증거로 제출했는데, 피고는 부정행위를 강력히 부인했다. 숙박업소는 원고 혼자 간 것이고 서로 주고받은 문자는 장난이며 송금 내역은 식당일에 대한 성과급 차원이었다는 것이다.

어쩔 수 없이 외도를 모두 인정하고 있는 원고의 남편을 증인으로 내세웠다. 최근에는 이혼 사건이나 외도로 인한 손해 배상 사건에서 증인을 불러 신문하는 것이 그리 흔하지는 않다. 그런데 내가 변호사가 된 첫해만 해도 증인 신문이 좀 더 활발히 이루어지곤 했다.

TV에서나 봤지 실제로 증인 신문을 하는 것은 처음이어서 너무나 긴장을 했다. 게다가 증인은 내 나이의 갑절하고도 수십 년은 더 사신 어르신이었기에 더 어쩔 줄을 몰랐다. 부정행위 인정 여부, 장소, 빈도 등에 대해 돌려가며 어렵게 물었는데, 증인은 오히려 솔직하게 대답하며 뭘 그리 어려워하느냐고 반문했다. 부끄럽기도 하고 고맙기도 했다.

그때 판사님이 말씀하셨다.

"변호사님과 저분은 여기 대리인과 증인의 자격으로 법정에서 있는 겁니다. 밖에서 어른들을 대할 때만큼 예의를 갖추실 필요는 없습니다. '증인께서는' 등의 극존칭은 법정에서 어색한 표현이니 시정하기 바랍니다."

판사님의 지적을 듣고 나자, 나는 머리를 한 대 맞은 듯 그제야 내 직업적 본분에 대해 자각할 수 있었다. 변호사는 다툼을 다루는 직업이다. 누군가의 편에 서서 상대를 공격하는 것이 불

가피하다. 그리고 법정은 법에 의해 합법적으로 싸움을 하는 곳
이다. 내가 법정에서 나의 성향대로 행동한다는 것은 어쩌면 본
분을 망각하는 짓일 수도 있겠다 싶었다. 그날 이후, 나는 판사
님의 감사한 충고대로 더 차갑게 증인의 정곡을 찌르는 신문 방
법을 스스로 만들어갈 수 있었다.

고독한 변호식가

변호사들은 보통 하루에
재판이 3~5개 정도 있다.

한 곳에서 전부 다 하면 편하겠지만
오전에는 서울, 오후에는 대구…
전국 각지에서 재판이 잡힌다.

어떨 때는 온종일 차 타고 이동하고…

94

재판을 '5분' 하는 경우도 있다.

… 이것으로
재판을
마치겠습니다.

혼자 다니기 때문에
밥도 혼자 먹어야 한다.

그래서 변호사 1~2년 차에는
급하게 김밥 먹고 그랬는데, 이제는…

음… 간판이
빨간색이네….
식욕을 자극하는
색이야.

'고독한 변호식가'로 거듭났다.

2인분 이상만 주문되는군. 뭐 어쩔 수 없나….

이모! 양대창 2인분이요!!

콩

혼자 자~알 먹고 다닌다ㅎㅎ

잘 먹으려고 머리 묶음 →

맛있엌 곱 터진닼 ㅋㅋ

96

2장

특기는 싸움,
취미는 위로

그렇게,
이혼 변호사는 결혼을 했다.

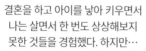

결혼을 하고 아이를 낳아 키우면서
나는 살면서 한 번도 상상해보지
못한 것들을 경험했다. 하지만…

슬슬 하얀 원피스 입고 들어가면 된다는
남편의 말과 달리

사람을 더 깊이 이해하게 되었고,
결혼하지 않았더라면
절대 못 만났을 소중한 아이도 얻었다.

결혼도, 이혼도 결국은 자신의 행복을
위한 것임을 잊지 말고

생활에 잠식되는 우리의 감정을
가끔 꺼내볼 수 있는

작은 사치라도 부릴 수 있는 나날들이길.
저도. 그리고 여러분도.

미혼 변호사한테는
내 사건 못 맡겨요

나는 20대에 변호사 생활을 시작해, 변호사 1년 차부터 수십 건의 이혼 사건을 담당했다. 대표 변호사님은 이혼 전문 변호사가 되고 싶어 하는 나를 전폭적으로 지지해주셨다. 이혼팀 팀장이라는 직함을 달고 드디어 마음껏 이혼 사건을 다뤄볼 수 있겠다고 생각했던 어느 날, 한 50대 의뢰인이 내게 말했다.

"어머 아기네, 아기. 변호사님 결혼했어요? 20대 미혼 변호사한테는 내 사건 못 맡겨요."

인생에서 그 무엇보다 중요한 일을, 결혼도 안 해본 나에게 맡기기 싫다는 말씀. 나는 잘할 자신이 있었지만 그 마음을 이해할 수 있었기에, 한번 믿고 맡겨보시라는 말조차 할 수 없었다. 결혼을 안 해본 게 세상 억울했던 그때, 나는 그저 '다른 변호사들보다 한 번이라도 더 듣고 한 번이라도 더 생각해서 사건을 승소로 이끌어야지' 하고 다짐할 수밖에 없었다.

시간이 흘러 결혼도 하고 아이도 낳고 부부 싸움도 해보니,

그때 그분들이 왜 그랬는지 조금은 이해할 수 있었고 그분들 마음도 공감할 수 있었다. 이제는 안다. 변호사님 결혼했냐는 그 질문은 가정이란 것이 얼마나 소중한지, 그 소중하고 소중한 것을 내려놓기까지 내가 얼마나 많은 고통을 겪고 결심을 번복했는지 아느냐는 뜻이라는 것을.

최근 들어 신혼부부의 이혼이 잦다.

또 다른 사건.

수입이나
부모님과의
관계는요?

부모님께는
같이 있을 땐 잘하지만,
남편이 집에
거의 없어서…

수입은 뭐
매일 술 마시니
남는 게 없죠.

삐- 소리 이후
소리샘으로
연결되오니…

○○카드

그래도 진지하게
다시 한번만
이야기해보시지….

미래가
전혀 상상이
안 돼요.

아이 낳기 전에
큰맘 먹고
정리할래요.

절레

결혼 전 생활을 유지하며

결혼 후 삶도 지켜내는 것은
참 어려운 일이다.

우리는 언제부터 서로에게
고통을 주는 존재가 되었을까.

아이와 정해야 할 규칙도 너무나 많은데,
하물며 부부끼리는
얼마나 많은 규칙이 필요할까.

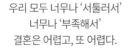

우리 모두 너무나 '서툴러서'
너무나 '부족해서'
결혼은 어렵고, 또 어렵다.

규칙을 만들어가는 것은
모든 부부에게 계속되는 숙제이다.

결혼 1년 차. 기존 생활과 결혼 후
생활의 균형점을 찾기 위한 다툼.

결혼 5년 차. 자녀 교육관, 일과 삶의
가치관 차이로 인한 다툼.

결혼 10년 차. 다시 각자의 삶을
좀 더 찾고 싶어 생기는 다툼.

결혼 20년 차. 그간 정한 룰들이
무색하게, 또다시 시작되는 다툼.

결혼 30년 차. 자녀들은 분가하고
단둘이 남겨진 후의 어색함.

새로운 삶에 맞추어 타협해야 하는 것들.

끝도 없는 다툼과 타협 끝의 행복감.

결혼 생활에 정답은 없을 것이다.

하지만 다툼보다 행복이 더 큰 결혼 생활이라면
서로가 큰 희생과 노력을 하고 있는 것이겠지.

어떤 사람과
결혼해야 하나요

"어떤 사람과 결혼해야 하나요?"

직업이 직업이라 그런지, 미혼인 이들을 만나면 항상 듣는 질문이다. 7, 80대 어르신들은 "다 거기서 거기다"라고 많이들 말씀하시는데, 이혼 변호사로 살다 보니 그 말이 무슨 뜻인지 조금은 알 것 같다. 어차피 누굴 만나도 대단할 것 없다는 회의적인 의미가 아니라, 어떤 사람을 만나든 수십 년을 함께한다는 건 쉬운 일이 아니라는 뜻으로 하는 말씀인 것이다. 관계의 본질에 대한 이야기랄까.

친구들 사이에서나 직장에서 좋은 사람으로 평가받는 사람이 가정에서 너무나 큰 문제들을 일으키는 것도 많이 보았고, 형사 범죄를 저지르고도 배우자에게 큰 지지를 받는 사람도 더러 보았다. 그렇다 보니 어떤 사람과 결혼해야 하느냐는 질문에 아직 이렇다 할 답을 찾지는 못했다.

그래도 이 일을 하면서 나중에 내 아이가 크면 한 가지 해주고 싶은 말은 생겼다. 바로, "잘 싸우는 사람과 결혼하라"는 것. 안 싸우는 사람은 무조건 참기만 하는 사람이라 오히려 좋지 않다. 싸울 때 상대방에게 현명하게 주장을 전달하고 서로 원하는 것을 잘 조율할 줄 아는 사람. 그런 사람은 뭐든 잘 해낼 사람이다.

소송을 하면서도, 자기 진심은 숨기고 괜한 기 싸움으로 논점을 흐리면서 결국 하고 싶은 말은 제대로 전달하지 못하는 사람을 많이 만난다. 억울하고 분해서 눈물이 날 것 같더라도 그걸 나쁜 방식으로 표출하기보다 있는 그대로 현명하게 전달하는 것이 결혼 생활에서나 사회생활에서 얼마나 필요한지 자주 느낀다.

잘 싸우는 것, 정말 중요하다.

나에겐 유독 기다려지는
재판이 있다.

마냥 가족에게 희생만 하고
자기 권리는 모르고 사시는 분들.

그런 분들에게 큰 도움이 되면 신이 난다.

특히 피고 1과 2는 갑제 5호증 편지에서 확인할 수 있듯이 관계가 10년이 넘었습니다.

....

아닙니다! 그 편지는 단순히 지인 관계로 주고 받은 것입니다!

재판… 어떻게 됐나요?

첫 재판이 끝나고

역시 오래된 관계라는 걸 부정하시네요.

출입국 사실 조회 기록을 제출 해야겠어요.

재판장님,
피고 1과 2의 최근 10년간
출입국 사실 조회를
하겠습니다.

네, 채택
하겠습니다.

출입국 사실 조회를 하니,

반 소 장

피고 측에서 반소가 들어왔다.
원고가 살림을 소홀히 해,
위자료를 청구한다는 내용.

그 증거로 설거지 안 한 그릇들과
빨래가 쌓여 있는 사진이 제시됐다.

참 교묘한 사람이다.
이혼 소송에 대비해 이런 사진까지 찍어두다니.

그리고 다음 재판.

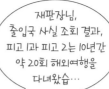

재판장님,
출입국 사실 조회 결과,
피고 1과 피고 2는 10년간
약 20회 해외여행을
다녀왔습…

아니라고요!!

아니, 그게!
동창들이랑 같이
여행 간 겁니다!

저 사람 태국 여행
가고 살림 나 몰라라
한 거 내가 증거 사진도
냈어요, 판사님!

벌떡

부정하신다면
각 출입국 날짜에 동창들과
찍은 사진을 제출해주시기
바랍니다.

피고 · 변호인석

아,
나 봐요!
쫌!!

막말이 낭자했던
두 번째 재판이 끝나고…

저는 저 사람
해장하라고 매일
아침 죽 쒀주고…

점심은
도시락에 저녁은
항상 전골 찌개
해줬는데

살림을
나 몰라라
한다네요….

무슨
말씀을요….

남편분은 어떻게든
본인 잘못을 합리화
하려는 거죠.

사람이 궁지에 몰리면 앞뒤 안 가린다지만,
그 상대가 한때 사랑했던 사람이라는 게
참 슬프다.

다음 재판을 준비하던 어느 날,
내연녀의 변호사에게서 전화가 왔다.

상황이 불리해지자,
내연녀 중 한 명이 합의를 제안했다.

내연녀 1과 합의한 상황에서도
피고는 완강했지만

변호사님.

네?

저희도 위자료
지급할 테니
조정하시죠.

아, 그러세요?
당사자 의사 확인해서
연락드릴게요.

결국 내연녀 2도 합의를 제안했다.

원고는 모든 것이 힘에 부쳐 보였다.

피고 2, 3은 합의가 되었으니

원고와 피고 1 오늘 잘 합의했으면 좋겠네요.

조정장

합의는 무슨. 난 돈 못 줘요.

내 돈으로 집에서 퍼질러 있으면서 한 것도 없는데.

피고

원고께서 수십 년간 가사 돌보셨잖아요.

피고는 본인이 제출하신 증거를 잊으셨나요?

원고 부재 시 잔뜩 쌓인 집안일 사진 제출하셨죠? 그게 원고가 했던 일에 대한 증거예요.

나 원,

양쪽에서.

하지만 완강한 피고의
바람과는 달리,

3개월 후

결국 남편은 또 항소했지만,
의뢰인은 점점 더 단단해졌다.

난 소송의 과정이 원고에게
고통만 준 것이 아니라
용기도 주었음에 감사했다.

지방 재판을 가던 어느 날.

며칠 후 병원.

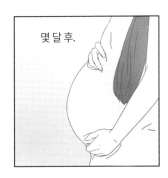

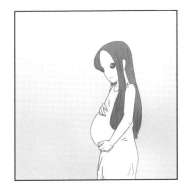

체구가 매우 작은 나는
매우 매우 큰 남자를 만나 결혼했고
아이는 아빠 체격을 닮았다.

배가 유독 커서 법원 복도를 지나가면
길이 열리곤 했다.

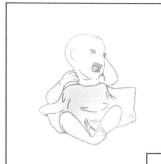

아이가 태어나고, 몸과 마음을 다해
아이를 키우면서
나는 엄마가 되었고…

이혼 사건을 대하는 마음이
예전과는 180도 달라지게 되었다.

으아아
아앙~

으아
아앙~

예전에는 사건에서
제3자라고 생각했던 아이가
이제는 주인공임을 알게 되었고

아이의 부모가 혼인 유지를 결정하든
이혼을 결정하든 그 마음에
깊이 공감하게 되었다.

특히 양육권 다툼이 있을 때는
더욱 그렇다.

재판장님!!
아이 아버지는 아이를
지속적으로 폭행
해왔습니다!!!

절대 양육권자로
지정되어선
안 됩니다.

모든 상황을
종합해 본 바, 아이의
어머니를 양육권자로
지정하겠습니다.

이 세상 모든 아이들이
행복했으면 좋겠다.

솔로몬 재판장님

성경을 보면 솔로몬 왕 이야기가 있다.
진짜 어머니를 찾기 위해
아이를 반으로 나누라고 했던.

둘 다 30대 초반인 부부가 있었다.

부부는 갓 5살이 된 아이를 놓고 치열한
양육권 다툼을 벌이고 있었다.

아빠는 엄마가 아이를 데리고
자꾸 술집에 가는 사진을 찍어서 보냈고,

엄마는 아빠가 재판에 와서
좋은 아빠인 척한다고,
평소 아이를 돌보지 않았다고 호소했다.

사실 이러한 증거들을 보고
양육권을 정하는 건

139

판사에게 참으로
힘든 일일 것이다.

자신의 판결로 인해
아이의 삶이 바뀔 수도 있으니 말이다.

그래도 이쯤 되면 보통은 판결을 통해
아빠나 엄마 중 양육권자를 정해주는데…

그 판사님은 달랐다.

번갈아
아이를 키워보며
가사 조사관의
검토를 받아보고,

아이가 누구와 있을 때
정서적 안정을 보이는지
살펴보겠습니다.

일말의 반박도 할 수 없는
현명한 처사다.

저녁 달은 부부가 화해할
가능성도 고려한 시간일 것이다.

변호사님,
그 양육권 건
있잖아요.

어떻대요?

저 그게…

다음 재판까지 기다리는 동안,
아이의 상황을 전해 들었다.

음… 그게…
애가 일체 말을
안 한대요. 조사관이
이것저것 물어봐도.

….

이건 뭐…
조사를 할 수가
없겠던데요?
애가 도통 이야기를
안 하니….

아이는 알고 있다.

자신이 어떤 말을 하면,
엄마나 아빠가 곤란해질 것이라는 걸.

그럼 아빠가
나쁜 놈 역이야?

아니 아니.

나랑 같이
구출 놀이 하는 거야!
같은 편이야!

아~
그렇구나~

아빠랑 뭘
구할까?

응! 저 방 안에
토끼 인형 구출!
그 앞엔 막 장애물
있어!

그렇게 양육 조사는 계속되었다.

간섭은 때때로 유익하다. 아빠와 엄마는
아이에게 최선을 다할 것이다.

이 역시 판사님의 현명한 처사에서
비롯되었음은 물론이다.

이혼은 부부의 이별이지,
아이와의 이별이 아니다.

아이의 양육권이 누구에게 주어지든

민수야,
아빠랑 엄마랑
이혼해도…

아빠와 엄마는 아이에게

민수랑
헤어지는 거 아니야.
그대로야~

영원히 아빠와 엄마다.

시대가 변했다.
과거처럼 양육권을 가지지 못한
아빠나 엄마가

아이와 이별하는 시대가 아니다.

이혼하더라도,
아이와 함께 시간을 보내며
얼마든지 건강하게 지낼 수 있다.

판사님이 넉 달의 시간을 가지라고 한 건
이 말씀을 하고 싶어서가 아닐까.

그들의 행복을 기도하며.

상담 잘하기
비법

얼마 전, 친한 친구가 내게 고민을 이야기하다가 "너 변호사 되더니 너무 해결해 주려고 하는 거 아니야? 그냥 공감해 주라고"라고 이야기한 적이 있다. 해결책을 제시하는 것이 직업이다 보니, 이제는 내가 이 직업을 갖기 전 사람들과 대화했던 방식들을 종종 잊을 때가 있다.

친구의 말을 듣고 '법적 해결책을 제시하는 것이 직업이다 보니, 공감이 선행된 후 해결책을 찾아야 함을 잠시 잊었던 것은 아닐까' 하는 생각이 들었다. 그러면서 '다시 원칙으로 돌아가야지' 싶었다.

친구의 고민을 들으며 "그랬구나. 마음이 참 힘들었겠네"라고 해주는 것, 의뢰인들의 이야기를 들으며 "고통스러우셨겠네요. 이제 법적인 해결책을 말씀드려 볼게요"라고 답하는 것. 이것이 바로 상담 잘하기 비법이었다. 역시 그랬다.

공감이 먼저다.

변호사님, 저희 엄마랑 와이프랑 크게 싸워서…

폭행이…

20대 초반 남성 의뢰인이 찾아왔다.

어머님께서 며느님을 때리셨나요?

아, 그게 아니라…

와이프가 저희 엄마 뺨을 때렸어요.

네?

151

결혼할 때 저희 엄마가
집을 안 해주셨다고,
신혼 초부터 쭉 불만이었어요.

그걸 명절 때 저희 엄마에게
따지다가 그만…

이 사건은 원고에게 위자료를
지급하는 것으로 마무리되었다.

이내 다른 사건이 들어왔다.

아… 너무
심하네요….

가슴이,
가슴이~

찢어질 거
같아요….

평소에 사이가
안 좋으셨나요?

남편과
어머니께서…?

저희 엄마는 평생 자식들 뒤치다꺼리만 한 순한 분이세요….

사위 오면 불편할까 봐….

저희 집에 계시더라도 남편 퇴근 전에 가시고 그랬어요….

아니 그런데…

왜….

저희 엄마가 안 쓰고, 안 드시고
모은 돈을… 그 돈을 달라고 했어요.
사업하는 데 2천 부족하다고.

그 이후 저희 엄마가 해준 게 없다고
매사 불만이었어요.

부모라는 건…

정말 극한 직업이다….

1966. 4. 18.

미정이 첫돌

낳아서 먹이고, 입히고, 키우고…

결혼까지 시켜도…

1992. 3. 24.

미정이 행복해야 해

엄마 때문 아니야 아~

더 주지 못하면 죄인처럼 느끼는

이 세상 모든 부모님들…
감사합니다.
그리고 죄송합니다.

_____ 종착역 없는 시간 여행

TV에는 간혹 매우 불친절한 변호사
캐릭터가 나오곤 한다.

무슨 말 좀 하면
자르고… 자르고….

상담받는 사람들 입장에서는
화가 날 수밖에.

하지만 변호사가 무조건 이야기를
많이 듣는다고 꼭 좋은 건 아니다.

의뢰인 중에는 요점만 딱 준비해서
오시는 분이 있는가 하면

2시간 후.

소송 과정을 이해 못 하시고
자기 말을 자른다며 화를 내는 분들도 계시다.

그리고 다음에 오셔서
또 옛날 이야기부터 다시 시작하신다는.

성별, 성격보다 상황, 입장의 영향을
더 믿는 나는

이전 세대에 우리가 큰 빚을
지고 있다는 생각을 많이 한다.

그렇게 담벼락에 숨어 있는데…
5살 먹은 아들내미가 내 옷자락을 잡더라고….

엄마

어디 가?

…

이전 세대에 대한
'마음의 빚'을 갚는 나의 방식은

최대한 양쪽의 언어를 이해하여
합의점을 찾아드리는 것이다.

그리고 또 옛날 이야기
다시 시작하셨다는….

할머니! 오늘 조정 성립했어요!

재산 분할, 합의 이혼으로요!

됐네….

끝났네….

할머니의 긴 세월 회한을
내가 어떻게 헤아릴 수 있을까.

며칠 후. 할머니와 아드님이
감사 인사차 찾아오셨다.
과일과 떡을 양손 가득 드시고서.

저… 하나 궁금한 게 있는데

수십 년을 참으셨는데 이혼 결심은 어떻게 하셨어요?

제가 예전부터 강하게 설득했어요.

어렸을 때 울며 뛰쳐나가시던 어머니 눈빛이 아직도 생생해서….

아… 그러셨군요.

그 아드님이셨군요.

자꾸만 50년대로 돌아가시는 할머니와의 상담은 종착역 없는 시간 여행 같았다.

그만큼 할머니의 삶이
정처 없고 고됐으리라.

결국 어머니의 삶을 고스란히 지켜본
장성한 아들이 고사리 같았던 그 손으로
어머니를 종착역에 모셔다 드렸다.

우리는 모두 이전 세대에
빚을 지고 있다

황혼 이혼이 급격히 증가했다는 뉴스가 많이 들린다. 그 원인이 무엇인지 묻는 인터뷰 요청도 종종 들어온다.

주로 자식이 성인이 되고 나서 이혼을 결정하거나 자녀들을 결혼시킨 후 나를 찾아오는 분들이 많은데, 이분들은 "숙제를 마쳤다"는 생각을 많이 하신다. 이분들에게는 결혼 생활이 어느 순간부터 자식을 키워내기 위해 서로 협력해야 하는 숙제가 되어버린 것이다.

"난 이제 내 의무는 다했어요."

"참을 만큼 참았으니 자유로워지고 싶어요."

요즘 젊은 세대들 대부분은 상상도 못 할 심각한 폭행, 상습적 외도 등을 모두 자식의 안위를 위해 견디고 덮고 그냥 살아오신 분들이 실제로 이렇게나 많음을, 나는 변호사가 되고 나서야 알았다.

나를 포함한 젊은 세대들이 누리고 있는 일상의 소소한 행복들을 생각해본다. 우리는 어떻게 이런 것들을 누릴 수 있는 걸까. 이전 세대의 아버지, 어머니의 희생과 인내 때문 아닐까.

　60~70대 의뢰인들과 대화를 나누며, 우리가 이전 세대에 참 큰 빚을 지고 있다는 생각을 많이 하게 된다. 자식들 먹여 살리느라 정작 자기 삶은 제대로 돌볼 시간조차 없었던 부모님 세대들을 생각하면 참 가슴이 아프다. 어디 그뿐인가. 가부장적인 유교 문화로 경제 활동이 거의 불가능했던 상황에서 희생을 당연히 강요받고 지내온 어머니들과 가장 역할을 하느라 손발이 다 닳도록 뛰어다녀야 했던 아버지들. 그분들에게 진 빚을 우리는 언제쯤이면 다 갚을 수 있을까.

_____ 어제의 친구가 오늘의 적

재판을 다니다 보니,
또래 여자 변호사들과 많이 친해졌다.

자주 마주치니 밥도 같이 먹고,
모임도 생기고.

주 대화 내용은 역시 '육아'다.

천생 엄마인 여변들.
아기 이야기엔 웃음꽃이 피어난다.

하지만 다음에는…

법정에서 상대편 변호사로
보게 되었다.

어제의 친구가
오늘의 적이라니…

재미있기도 하고 힘들기도 한
웃픈 변호사 라이프.

보람.

아, 그거 의뢰인분이 선물 갖다 주셨어요.

보람은 날 발전시킨다.

요새 의뢰인분들이 최변 칭찬을 많이 해요. 선물도 사 오고. 하하!

이혼 변호사의 보람은,
꼭 이혼을 잘 시켜드렸을 때만은
아니란 걸 알게 해준 사건이 있었다.

애가 밤새 우는데도 자는 척만 한다니까요?! 누군 안 피곤한가?! 저번엔 저한테 욕도 했어요!!

결혼 3년 차, 부인이 양육 문제로 남편과 다투다 이혼 소송을 냈다.

이젠 애정이 없어요! 더는 진짜 못 살아!!

아니, 애가 응가를 하면 바로 치워야 하잖아요?! 그걸 내가 치워주길 기다리는 거예요, 애 엄마가.

자기 잘못은 생각 못 하고 이혼?! 나 참!

남편도 쌓인 게 많았는지 상대편 변호사를 통해 응수했다.

… 근데 이게 바로 이혼이 되는 거죠?

그렇게 소송을 진행하던 중, 의뢰인이 건넨 한마디가 모든 걸 바꿔버렸다.

부부 상담을 먼저 해보는 건 어떠실까요?

"바로 이혼이 되는 거죠?"라…
의뢰인은 지금 이혼보다,
남편과의 대화를 원하고 있을지 모른다.

그런 거 해도 안 바꿔어요….

난 상대 변호사와 상의해,
재판부에 부부 상담 절차를 신청했다.

그럼 그냥 이혼 절차 밟는 게 나으실까요?

아뇨, 뭐….
소용은 없겠지만 추천해주시니까….

사실 그이가 사람은 좋거든요. 근데 문제가 있으면 해결을 못 하니까.

역시 부부는 미련을 보였다.

그게 많이 답답하고…

자, 이제 진짜 내가 나설 차례다 ♥

나는 적극적으로 남편분의 감정을
의뢰인에게 전달한다.

나와 상대편 변호사는
의뢰인들의 소통 창구가 되어준다.

…

남편분이 일하며 스트레스를 굉장히 많이 받았는데, 그걸 혼자 이겨내고 싶으셨나 봐요. 그게 대화 단절로 이어지고…

스트레스가 심한 상황에서 대화마저 없으니, 그게 갈등으로 변질된 게 아닌가 싶어요.

직장에서 힘든 일이 있는 것 같긴 했었는데….

이 느낌은 학창 시절 연애 상담과 매우 비슷하다.
사랑은 나이를 먹지 않는다.

애는 밤새 울고…. 원래 애 돌 전까지 지옥이란 말도 있잖아요.

감정을 숨길 수밖에 없는 이유는 내쳐질까 두렵기 때문이다.
저 떨어진 꽃잎처럼.

아기가 아직 돌도 안 지나서…

지금 헤어지시면…

이 부부는 아직 서로를 사랑한다.

그리고

아이를 사랑한다.

부부는 상담 3회 만에
법원에서 함께 손을 잡고 나왔다.

변호사님 이혼 안 하게 돼서
죄송해요

소송 전 상담을 모두 마치고 당사자의 분노와 고통을 가득
담아 키보드가 부서지듯 소장을 작성하고 있는데, 갑자기 문자
가 온다.

"변호사님 이혼 안 하게 됐어요. 죄송해요."

자주 일어나는 일이다. 그런데 이 말을 들으면 기분이 참 묘
하다. 내가 다른 부부의 화해에 대해 사과를 받는 입장이라니.
키보드에서 손을 떼며 말씀드린다.

"죄송하실 것 없어요. 아니, 죄송하시면 안 되죠. 꼭 행복하
세요!"

잃어버린 조각을 찾아서

내 일 중 하나는 의뢰인의
'잃어버린 조각'을 찾아주는 것이다.

그 '잃어버린 조각'은…

위자료나 양육권일 수도 있고
떨어진 자존감일 수도 있다.

잃어버린 조각을 찾아주는 일은 고되지 않았고,
도리어 나에게 큰 울림과 깨달음으로
다가오기도 했다.

근데…

좀만…!

좀만 데!

변호사님~

거기
공룡 다리 조각
있어요?

찾은
거예요?

찾았어요?

거기
있어요?

보여요?

…

너의 장난감 조각 찾는 건
왜 이리 힘에 부치는지ㅠㅠ

하지만 아무리 힘에 부쳐도…

넌 내 '세상 최고 뭉클한 존재'야~

3장

우리 이만
헤어져요

그날따라 햇빛은 눈이 부셨다.

눈이 따가울 정도로.

와이프가
그러더군요.

제 아이인 줄
알고 키웠던
아이가…

사실 제
친자식이
아니라고….

네?

유전자 검사는
해보셨어요…?

아니요….

유전자
검사부터 해보셔야죠.
괴로우시겠지만
친자인지 꼭 밝혀
내셔야 해요.

네…
가서 해보고
올게요.

머리카락이나
칫솔 이런 거 들고
가면 되나요?

네,
맞아요….

힘드시겠지만
꼭 하고 오세요.

멍-

막장 드라마 단골 주제, 친자 확인.
이게 현실에서 일어나는 일이었다니….

몇 주 후, 의뢰인이 다시 찾아왔다.

네…

그건 좀
어려우세요.

가슴이 아프다.
이런 말을 해야 한다는 게.

아이 친아빠는…
이제 와서 아이를
자기가 키운다고
한대요?

원고뿐 아니라,
아이도 상처받을
거예요.

해도 해도
너무하시네요.

…

원고는 아이를
본인이 키우고 싶다고
하실 정도로

아이와 애착이
깊습니다.

위자료는 어느
정도 생각하세요,
피고?

…

피 고

피고가 알고
속인 것도 아니고…

충분히 용서를
구했습니다.

지금 원고의 마음이 어떨까.

이렇게 사랑스러운…

눈에 넣어도 안 아플 내 아이가

내 아이가 아니라고 밝혀진다면…
난 정말 살아갈 수 없을 것 같다.

위자료 더 올리자고 해볼 수도 있었는데.

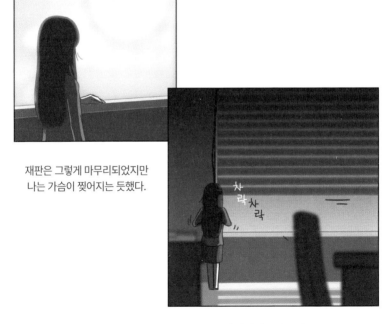

재판은 그렇게 마무리되었지만
나는 가슴이 찢어지는 듯했다.

이런 일이 다시는 없기를.

나도 바쁜데 남편은 더 바쁘다 보니
섭섭한 일이 있을 때
톡으로 대화하는 경우가 잦아졌다.

그런데 톡으로 대화를 하다 보면
이야기가 자꾸 산으로 가는 것이다.

이러한 톡 대화들은
재판에서 항상 증거로 제출되곤 하는데

말보다 더 오래 남아 있는 만큼
상처도, 기억도 더 오래가게 마련이다.

같은 이야기를 만나서 하면
연애 때처럼 서로를 더 많이
신경 쓰게 된다.

그리고 조금씩 쌓이는 섭섭함과 오해를
조심스럽게 확인할 수도 있다.

재판에서도 원·피고가 조정 기일이나
가사 조사때 출석해 직접 만나 이야기하는 경우,
소송이 취하되기도 한다.

그래서 나도 이제는 꼭 얼굴을 보고
싸워야겠다고 생각했다.

서로 바쁘다 보니
만날 때까지 미루다 보면
까먹기도 하는 게 가장 큰 장점.

먹고사느라 바빠서

상담을 하다 보면 많은 분들이 갈등의 원인을 "먹고사느라 바빠서"라고 이야기한다. 나는 이 말에 꽤나 공감한다. 결혼하기 전에는 먹고사는 문제가 내 몸과 마음을 모두 집어삼킬 정도는 아니었던 것 같은데, 부부라는 단위로 묶이고 거기에 가족이 더 늘어나고 보니 커지는 건 오직 책임감뿐이다. 사랑 같은 감정 따위는 어느새 저 멀리 던져버리게 되는 것이다.

안 그래도 힘든데, 서로의 공을 인정하며 다독거리기는커녕 경쟁하기라도 하듯 내가 더 힘들다고 주장한다. 일터고 집이고 마음 붙일 곳 하나 없다.

이러한 부부간의 갈등과 감정 다툼은 나를 찾아오는 분들에게만 국한된 문제가 절대 아니라고 생각한다. 대부분의 가정에서 한 번쯤 또는 쭉 겪는 문제라고 확신한다.

예전에 지인이 그런 말을 한 적이 있다. 누군가와 싸울 때 지금 이 문제가 '상대와 나의 몸과 마음이 힘들어서 발생한 일인지, 아니면 정말 상대나 나에게 돌이킬 수 없는 큰 잘못이 있어서인지' 따져보면 답이 나온다고. 전자의 경우, 서로의 마음을 번갈아 짚어주면서 소통의 기회를 제공하면 감정의 앙금이 눈 녹듯 사라지는 것을 많이 보았다.

먹고사느라 바빠서 내가 누구랑 먹고살고 싶었었는지 잊지 않았으면 좋겠다. 물론 많이 어려운 문제다. 나도 여전히 어렵다. 모든 부부가 평생 안고 가야 할 숙제일 것이다.

두 친구의 잔인한 크리스마스

내겐 '연말병'이라는
지병(?)이 있는데

왠지 한 해를 예쁘게 마무리하고 싶어,
크리스마스 장식을 사들이는 병이다.

그런데 몇 년 전 이 '연말병'이
싹 고쳐진 계기가 있었다.

의뢰인이네.
오늘 이브인데
받지 말까....

아냐...
또 무슨 일이
터졌는지도 몰라.

여보세요?

변호사님!
남편 불륜 증거
잡았어요!!

이브 날에
겁도 없이
또 이래요!!!

이거 간통이랑
위자료 되죠?!
그죠?!

그날, 나는 내가 그토록 좋아하던
크리스마스의 이면을 보았다.

사랑하는 사람과 함께 보내는 행복한 날.

또 그만큼 불륜의 증거를 잡기 쉬운 날.

한 달 전, 이 의뢰인은 '친구'와 함께
나를 찾아왔다.

보통 이혼 상담은 혼자 오거나,
가족과 같이 오는 경우가 많은데

이성인 동창끼리 왔다고 하니,
약간 편견 어린 시선으로
바라볼 수밖에 없었는데,
사실은…

… 최대한 침착하자.

남편이 부쩍 자기가 장을 보겠다고 했었어요.

마트는 내가 갔다 올게. 나 마트 좋아하잖아~

우리 자기는 뭐 먹고 싶은 거 없어?

음… 아이스크림이 먹고 싶기도 한데, 살찔까 봐.

에이~

자기는 먹어도 살 안 쪄. 그리고 먹고 싶은 거 참으면 그게 더 병 돼요!

그렇게 그 인간은 마트를 갔죠. 기분 좋게….

그런데 제가 깜빡한 게 있어 전화를 걸었어요.

오빠, 다진 마늘도 사 와. 그걸 이야기 안 했네.

아, 알았어. 먼저 끊어.

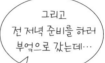
그리고 전 저녁 준비를 하러 부엌으로 갔는데…

오빠~ 오빠!!

남푼

이:24 통화 중

종료

오빠~

철렁

끊긴 줄 알았던 지옥 같은 통화는
무려 15분이나 계속되었다고 한다.

실상을 전부 말할 수는 없다.
하지만 분명한 건 의뢰인들의
영혼이 그 15분 동안 고통스럽게
상처 입었다는 것이다.

재판장님,
이 사건의 경우 원고의
정신적 피해는 더 크다고
할 수 있습니다.

피고가 원고
친구의 부인이었기
때문입니다.

....

송하나 씨,
내일 2시에 미팅
가능하세요?

다음 날.

저희는 참
친했어요.

네, 어려서부터
남매처럼…

제가 먼저
결혼하고, 그다음에
하나가 결혼하고.

결혼 이후엔
부부 동반으로
넷이서 쭈욱
어울렸습니다.

아무리 친구라도
저희 둘만 만나는 게
괜히 미안해서요.

저희는 서로
챙겨주고 연락하고
슬픔도 공유하고…

정말 재미있게
지냈어요.

하….

그거는 오빠가 하나를 챙겨줬어야지!

이래서 내가 말 안 하려고 했다니까! 하하!

같이 여행도 많이 다녔죠.

여행 가서… 저랑 이 친구가 술을 못 하다 보니, 먼저 자는 일이 흔했고

그들은… 술자리를 계속하는 경우가 많았어요.

여기 진~짜 좋다, 그치?

다음에 강원도도 한번 가보자.

그때부터였던 것 같아요. 둘이 시작된 게….

잔혹하다….

그들의 잔혹한 법정 싸움은
1년이나 계속되었다.

1년 후.

변호사님,
송하나 씨
전남편과 내연녀
유죄 나왔습니다!

아,
그래요?

존경하는 재판장님.
피고가 지난 주 간통죄
유죄 판결문을 받았기에
이를 증거로 제출하는
바입니다.

내가 이브 날은
위험하다고
그랬잖아!

배우자들을 속이고 지속하던 그들의 불륜은
결국 숙소에 함께 있던 현장 사진과
성행위 녹취록 등의 증거로 간통죄 유죄,
위자료 판결을 받았다.

뭐?! 그게
그럼 내 탓이야?!

며칠 후.

그들의 새로운 크리스마스를 기원하며.

슬픈 가족 증언

5년 전.

이 의뢰인은 부인의 폭언 때문에
이혼을 결심했다.

추후 '자녀 진술서'를
증거로 낼 마음에 여쭤보았다.

폭언과 욕설을 이유로 그렇게
이혼 소송은 진행되었다.

일반 민사·형사 사건은 증인 신문이
굉장히 적극적으로 이루어진다.

그러나 이혼 사건에서는 증인 신문을 꺼린다.
가정 사건인 만큼
매우 주관적일 수 있기 때문이다.

피고 측의 증인 신청을 받아들이겠습니다.

웬만해선 받아들여지지 않는데, 이번은 예외였다.

피고에겐 증거도, 변호사도 없었기 때문이다.

아니!! 애를 왜 여기다 세우겠다는 거야? 안 됩니다! 안 돼요!!

증인은 입장해주시기 바랍니다.

이혼 사건에서 증인 신문을 꺼리는 진짜 이유는…

자녀들이 큰 상처를 입기 때문이다.

… 양심에 따라 숨김과 보탬이 없이

사실 그대로 말하고…

… 만약 거짓말이 있으면 위증의 벌을 받기로 맹세합니다.

하….

신문?

그거 제가 해도 되죠?!

상대측 변호사가 없다 보니
엄마가 아들을 신문하는 상황이 벌어졌다.

….

피고는 신문하세요.

둘째 아들의 증언

'가족 증언'의 효력이 얼마나 될 것인가.
그건 재판부의 판단에 달렸다.

결국 외도가 인정되어
위자료를 지급하게 되었지만,

승소했다고 아이들의 엄마가
기쁠 수 있었을까.

현실은 절대 드라마보다 덜하지 않다.

_____ 결혼의 중심은 부부잖아요

이래서 당사자가
오셔야 해요.

오늘은
여기까지 하고,
아드님과 직접
대화하겠습니다.

당사자가 없는 2시간의 상담을
그렇게 마치고…

어쩌다
이혼을 결심하신
거예요?

…

다음 날, 의뢰인 당사자와의 상담.

… 집사람과
저희 엄마, 누나와의
관계가 너무
나빠졌어요.

엄마가 더는
못 버티겠다고
하세요.

이 의뢰인은 이혼을 원했다기보다는
불가피하게 선택하게 된 사람이다.

조정 기일에 부부는
다시 언성을 높인다.

그렇게 조정이 끝나고…

공교롭게도 '가족들과의 문제'로 인한
의뢰가 연달아 들어왔다.

소장엔 처가댁의 지나친 간섭과
장서 갈등*으로 인해 이혼을 원한다는
내용이 적혀 있었다.

*장서 갈등: 장모와 사위 사이의 갈등

이거 무고죄
이런 거 적용
안 됩니까?

정말 저희는
억울하죠, 지금.

….

나에게 의뢰인의 잘잘못을
따질 자격은 없다.

나는 단지 의뢰인의 방패가 되어야만 한다.

난 의뢰인의 든든한 방패가 되어야 한다.

하지만 이건 아닌데… 싶은
경우가 있다.

부모님의 기준과 판단으로
결혼 생활을 하는 사람들….

244

부모가 자식을 챙기는 것과
혼인 생활을 좌지우지하는 것은
엄연히 다른 문제다.

부모, 형제에게 결혼 생활까지
의지하는 사람.

부모가 배우자를 혼내주길 바라는 사람.

결혼 생활은 두 사람이 하는 것이다.
양가 부모, 형제는 '조력'할 뿐이지,
중심은 부부다.

단단하게 하나가 되어
서로에게 도리를
다할 수 있어야
진짜 어른이, 진짜 부부가
되는 것 아닐까.

결국엔 다
내 새끼밖에 몰라서

엄마와 딸이 함께 찾아와 이혼 상담을 받을 때면 내 앞에서 치열하게 다투는 경우를 많이 본다. 신기하게도, 싸움의 내용은 거의 같다. 어머니는 딸이 양육권을 아이들 아빠에게 보내고 자주 면접 교섭만 했으면 좋겠다는 것이고, 딸은 재산 분할은 다 포기하더라도 양육권은 절대 포기하지 못하겠다는 것이다.

"엄마는 내가 지금 이렇게 힘든데 왜 내 편을 안 들어? 변호사님, 저희 엄마 좀 설득해주세요."

"아이들을 맡겨야 새 출발이 쉽지. 왜 사서 고생을 하려고 하니. 변호사님 얘 좀 설득해주세요."

엄마이기도 하고 자식이기도 하니, 이 마음이 둘 다 이해가 되어 곤란할 때가 많다. 결국은 다 내 자식이 0순위라서, 내 새끼밖에 안 보여서 그런 것 아닐까. 이혼하는 것 자체로 마음이 힘들 텐데 아이들까지 데리고 와서 고생할 자식을 생각하니 마음이 아픈 어머니와, 결혼 이후 자기 삶의 전부가 되어버린 아이들을 놓고 나올 수 없는 딸의 마음.

　내리사랑이라고 했던가. 정말로 그렇다. 사랑은 내려가고 또
내려가는 것 같다.

몇 년 전.

이후, 딴 건 몰라도 의처증, 의부증 주장은
좀 방어적으로 대했던 것 같다.

의부증이
심하다는 주장으로
소장 넣을게요.

근데, 혹시라도
외도는 없으신 거죠?
솔직히 말씀해주셔야
해요.

아휴, 절대로
없습니다.

하도 심하게
의심하니 막 나가고
싶었던 적도
있지만요.

그리고 조정 기일.

그래 그래···
그래···.

이번에는
이 변호사랑
바람났지?

네에?

이게 무슨
소리야···

나까지 내연녀로 여기는 거 보니
의부증이 맞긴 맞구나, 했다는 이야기.

이 의뢰인은 시어머니의 간섭을
견디다 못해 나를 찾아왔다.

이때까지만 해도 간섭이 얼마나 심한지
직접적으로 체감은 안 됐는데…

원고 측은 피고 모(母)의 부당 간섭에 대한 증거를 제시해주시죠?

….

잠깐만요!!

경위님! 방청석의 저 여자분 잡아주세요!!

에? 왜요, 왜요?

그거 주세요!

법원에서 녹취하면 안 됩니다!

지금 뭐 하시는 겁니까? 도대체 누구세요?!

법원에서 녹취하면 처벌받을 수 있습니다!

….

253

또 다른 사건.

나는 시누이들의
과한 간섭을 주장했다.

그렇게 재판을 끝내고 나오는데…

당사자들의 결혼 생활을 잠깐이나마
간접 경험할 때가 있다.

백 마디 말보다,
한 번 겪어보면 '이거구나' 싶을 때.

판사님이 보신다면 참 좋겠네.

60대 후반의 남성분이
1심 판결문을 가지고 오셨다.

항소심을 하러 날 찾아오는 분들은 보통

이렇게 말씀하신다.

그런데 이분은…

너무나 애처롭게 이혼 기각을
원하고 계셨다.

조정이 끝나자,
의뢰인은 망연자실한 표정이었다.

민석아…

엄마한테 아무리 전화해도 받지를 않네….

당연한 거겠지만,
제 전화를 안 받더군요.

아버지, 저도 엄마랑 이야기 많이 해봤는데….

마음 못 돌릴 것 같아요.

할 이야기가 있는데….

엄마, 아빠가 이렇게 용서 구하시는데…

너 결혼할 때까지만 살려고 했고 이제 끝이야.

서랍장 던질 때 마음으로 이미 끝냈어.

아들이… 자기가 보기에도
제가 짠했는지 애 엄마를 설득해서
한 번 만나게 해줬어요.

원고와 피고의 이혼은
2심에서도 받아들여졌다.

'먹고살기 바빠서' '힘들어서'란 이유로
돌이킬 수 없는 상처를 주는
사람들을 많이 본다.

미안하다는 말이 너무 늦은
한 남자의 이야기.

기나긴 마음의 고통에서 벗어난
한 여자의 이야기.

마지막으로 부른
여보, 당신

"4주 후에 뵙겠습니다."

위 대사로 알려진 드라마에서 나오는 장소가 가정 법원의 조정실이다. 조정실에서는 양쪽 당사자들과 변호사들이 나와서 재판이 판결까지 가지 않고 서로의 합의로 마무리될 수 있도록 이야기해 보는 시간을 갖는다.

황혼 이혼 항소심 사건이었다. 나는 남편이자 피고 측 대리인이었는데, 피고는 이혼을 원하지 않았다. 1심에서 원고는 제발 이혼만 하게 해달라며 고통을 호소했고, 결국 이혼 판결이 났다. 2심 조정에서, 나와 피고는 죄인처럼 앉아 원고가 이혼까지 생각했을지 몰랐고, 앞으로 잘 하겠다며 조정 위원님과 재판장님을 설득했다.

1심에서 피고의 유책 사유가 인정되어 이혼이 된 것이어서, 2심에서 이혼 판결이 번복될 가능성은 매우 낮았다. 하지만 피고는 오랜만에 만난 원고에게 눈물을 흘리며 제발 심사숙고해 달라고 매달렸다.

　많이 늦었다는 것을 피고도 알고 있었다. 1시간의 조정 끝에 피고도 이혼을 받아들였다. 모두 인사하고 나가려는데, 피고가 말했다.

　"마지막으로 불러봐도 될까, 여보. 나랑 사느라 고생 많았어."

　1심부터 2심까지 오직 이혼만을 외치던 원고가 말했다.

　"당신이 그렇게 말해줘서 고맙네."

_____ 조부모의 아이 볼 권리

자식들 먹여 살리고 키워내느라
고생한 우리네 아버지, 어머니들.

엄마
엄마!

이제 부모 노릇 다했나 싶은 순간,
자녀들이 또 자녀들을 낳아온다.

엄마,
우리 애 좀 봐줘.
봐줄 거지?

몇 년 전, 내게 큰 고민을 안겼던
사건이 있었다.

아들 내외가 너무나 바빠 대신
손주를 키워내신 할머니, 할아버지.

근데 지난달에 우리 아들이 사고로 목숨을 잃었어요….

네?

아….

으흐으 으윽…

어떻게 도와드릴 수 있을까요?

… 혹시 상속 문제?

아니, 그런 게 아니라…

….

며느리가 애들을 데리고 가버렸어요.

네···

그러셨군요···.

근데 우리랑 연락 안 하겠는대요.

자꾸 애 아빠 생각나서 힘들다고···.

내 새끼들 보고 싶어 죽겠는데···

이건 어디 가서 이야기해야 해요!!

아··· 면접 교섭권* 말씀하시는 건가요···.

*면접 교섭권: 자녀를 보호·양육하지 않는 한쪽 부모가 자녀와 서로 직접 만나거나 편지 또는 전화 등을 할 수 있는 권리

273

또 다른 사건이 들어왔다.

아기 엄마가…

3년 전 갑자기 떠났어요.

상심이 얼마나 크세요.

아기는… 몇 살인가요?

지금 5살이요.

와이프가 가기 전에도, 후에도…

장모님이 대부분 키워주셨어요.

장모님과 사이 참 좋으시네요. 상실감을 조금이나마 서로 채워주셨겠어요.

그러셨군요.

네….

절 아들로 생각해 주셨습니다.

매일 왕래하고 같이 살다시피 했어요.

그런데 왜 절 찾아오신 건가요…?

제가 사실… 이래도 되나 싶지만… 새롭게 사랑을 시작했습니다.

어쩜 그럴 수 있어!!

정말 실망해서 말이 안 나오네!

그런데 장모님께서 그걸 아시고 화를 너무 많이 내세요. 모욕적인 말도 들었고요.

매주 금토일
2박 3일 아이를
보시겠다 하시는데…

지금 만나는
사람이 미혼인데도
아이한테 정말
잘해요.

제 아이를
자기 자식처럼
키우겠대요.

아,
쉽지 않은 일인데…
좋은 분이시네요.

저는 아이가
새엄마랑
잘 적응했음 싶고…

다시 행복하고
싶은데, 제가 나쁜
놈인가요?

277

미연이 손가락 하트 할 줄 알아?

손가락 하트?

장모님 댁에는
아직도 애 엄마 사진이
온 집안에 걸려 있어요.

애한테 엄마 얘기만
계속해주시고요.

엄마가 자주 하던 건데, 자 봐봐.

아니, 아니, 그건 주먹 쥐는 거고 ㅎ

손을 이렇게, 이렇게…

그렇군요. 돌아가신 따님이
너무 보고 싶으실 테니,
그만큼 손녀가 더 애틋하시겠어요.

아빠 이거 봐봐♥

네, 맞아요….
전 이제 그거 그만하고 싶어요.

이제 겨우 5살인 아이.
떠난 엄마 얘기만 계속 듣게 하고
싶지 않아요.

두 번의 사건을 통해 자녀에 대한, 손주를 향한
할머니, 할아버지의 마음 그리고

다시 슬픔에서 벗어나 자신과 아이의 행복을 찾고 싶은
자식들의 입장을 모두 느낄 수 있었다.

졸
졸

그땐 조부모의 면접 교섭이
법 규정에 없어 고민이 더욱 깊었다.
판사님의 판단은 더 어려웠을 것이다.

2016년, 법 개정으로 조부모의
면접 교섭이 허용되었다.

부모들 그리고 부모가 된 자식들….
사실은 내 자식을 생각하는 같은 마음이겠지.

가정 법원 이곳저곳에서
우리네 인생이 펼쳐진다.

나의 선택만이
내 인생의 정답

"너의 삶은 너의 선택만이 정답이다."

어느 드라마에서 나왔던 명대사이다. 이 대사가 약간은 충격
적으로 들렸다. 살면서 누구에게도 "내가 선택하는 삶이 정답"
이라는 이야기를 들어본 적이 없기 때문이다. 오히려 우리는 내
가 틀릴 수도 있다는 얘기를 더 많이 듣고 살지 않았을까?

관계를 맺으며 살아가는 세상이기에, 나 혼자 결정할 수 있는
것은 생각보다 많지 않다. 작게는 점심 메뉴를 고르는 것부터 크
게는 내 직업을 선택할 때도 그렇다. 가족들의 기대에 부응하고
주변인들의 칭찬을 받거나 부러움을 사고 싶은 것이 사람의 본성
이기에 어쩔 수 없는 것 같다. 게다가 우리는 내 맘대로 무언가를
선택하는 것을 비난받는 사회적 분위기에서 자라왔다.

배우자의 외도, 폭행 문제 등으로 힘든 결혼 생활을 이어오
다 혼인 관계를 정리하기로 마음먹은 사람들에게 항상 듣는 이
야기가 있다.

"제가 너무 제 생각만 하는 걸까요?"

"부모님께 죄송해서 얘길 못 하겠어요."

"제가 그때 더 참았더라면 이렇게 되진 않았겠죠?"

"보통 이런 경우, 어떤 선택을 하나요?"

이렇게 얘기하는 사람들 대부분은 그 상황에서 참을 만큼 참고, 노력할 만큼 노력한 분들이다. 나는 여기까지인 것 같은데, 그것이 세상의 기준에도 부합하는 것인지를 내게 물어오는 것이다. 그럴 때마다 "저는 조력자이지, 선택권자가 아닙니다"라고 말씀드린다. 덧붙여 "선택하셨다면 직업적 사명을 다해 돕겠지만, 선택이 망설여지신다면 더 노력해보시길 권한다"고도.

세상이 뭐라고 하든 간에 자기 목소리에 귀 기울였으면 한다. 왜 그러고 사느냐는 둥 더 참으면 바보라는 둥 그 정도 가지고 경솔하게 결혼 생활을 정리하느냐는 둥, 남들이 비난하든 말든 정답은 자기 안에 있음을 잊지 않았으면 좋겠다.

4장

다 행복하자고
하는 일이니까

이혼할 준비가 된 걸까

수많은 의뢰인들을 만나면서,
'이혼은 어느 정도의 마음으로 하는 걸까'라는
생각을 종종 하곤 했다.

결혼 생활을 정리하며
더 행복해지기 위해서는
스스로에게 여러 차례 질문해야 한다.

질문과 답이 명확한 분이 있다.
"나는 지금 이혼할 수 있다."

너무나 지쳐
그저 긴 터널의 출구를 찾는 분도 있다.
"이혼이 나를 행복하게 해주지 않을까…?"

사는 게 힘들어 자신을
표현하는 것조차 잊은 분들.

이분들 이야기를 듣다 보면
스스로 또는 상대와 마지막 대화는
해보셔야 할 것 같다는 생각이 들곤 한다.

부부의 문제를 해결할
권한과 능력은 내게 없다.
하지만

이혼을 '삶의 새 챕터로 가는 선택'이 아닌
'지친 지금으로부터의 해방'으로
여기는 분들에게는 주제넘게 이야기한다.

다시 한번
남편분께 마음을
표현해 보시는 게
어떨까요?

이성보다 감정이 앞서
이혼을 하신 다음에
허무감을 느끼는 분들을
많이 봤어요.

그게 소용이 있을까요?

이혼하고 가장 많이 하는 후회가…

이혼 전에 더 잘해볼걸,

한 번 더 말해볼걸… 이래요.

난 섣부른 이혼이 사람을 얼마나 힘들게 하는지 알고 있다.

사람은 후회의 동물이다.
후회는 작은 불씨에서

미화된 추억을 촉매 삼아
자책이란 큰불로 번진다.

그때 왜 그랬을까.

내 잘못일지도 몰라.

내가 잘못했지.

되돌릴 수 없을까?

난 왜 이럴까···.

이혼하기 전에 할 수 있는 건
다 해봐야 한다.

그 누구를 위해서가 아닌 나를 위해서.

이혼 변호사는 절대
이혼하지 말라고는 안 할걸

얼마 전 라디오 인터뷰를 했는데, 관련 기사 밑에 달린 어떤 댓글이 눈에 띄었다.

'이혼 변호사는 절대 이혼하지 말라고는 안 할걸.'

이혼 변호사는 이혼하는 분들이 없으면 먹고살 수 없는 직업이니, 일리 있는 말인 것도 같다. 그러나 사실상 이 말은 틀렸다.

이혼을 망설이는 분들은 나를 찾아와 묻는다.

'이 정도면 저 이혼하는 게 맞나요?'

그러나 결정은 나의 몫이 아니다. 이럴 때는 주로 부부 상담을 권한다. 그러면서 '이혼하지 않으면 나는 앞으로 쭉 불행하겠구나' 하는 생각이 들기 전까진, 내가 아닌 다른 기관을 찾아가시라고 말씀드린다.

모두가 행복하고 싶어 한다. 이혼해서 행복한 사람, 이혼할 뻔했지만 법원의 도움으로 이혼하지 않아서 행복한 사람. 내가 행복해지기 위한 방법은 오로지 나만이 알고 있다.

나는 이제 내가 행복해지기 위한 방법을 잘 안다. 의뢰인 스스로 내린 결정을 옆에서 최선을 다해 응원하고 돕는 것. 그 순간들마다 행복을 느낀다는 걸 이 직업을 통해 더 깊이 알아가고 있다.

마침내 헤어지고 난 뒤

짧게는 몇 개월, 길게는 몇 년간
이혼 사건을 같이하다 사건이 마무리되면

어떻게 지내시는지 간혹
궁금해지는 의뢰인들이 있다.

혼인 기간 내내
맞고 살았으니

이번 사건 끝나면
꼭 부드러운 남자
만나볼 거예요.

결혼은 질렸어요.
무조건 혼자
살 거예요.

변호사님,
저 그 사람 없이 잘
살 수 있을까요?

혼자서는 밥도
잘 못 먹는데요,
저는….

시간이 흐르고 간혹 이분들에게서
연락이 온다.

변호사님, 저 새로운 사람 생겼는데 너무 잘해줘요. 제 얘기 이렇게 잘 들어주는 사람 처음이에요.

아 진짜요?!

변호사님, 저 결혼해요!

우리 결혼해요!

까똑

오후 1:27

변호사님. 저 이번에 작은 가게 차렸어요. 사업이 아주 적성이네요.

라면 가게인데, 놀러오세요. 혼밥하는 사람들 위한 가게예요.

와, 언제 한번 갈게요!

295

인생에서 가장 힘들었던 순간
그분들이 지었던 표정을 기억하기에

그 미소가 더 감사하다.
자신의 행복을 찾아 선택하고,

자기 선택에 책임지는 모습은
항상 아름답다.

삶을 헤쳐 나가는 법을 알려주는
내 의뢰인분들이,
내게는 가장 큰 스승이다.

명절 직후엔 재판이 많다.

일은 고되지 않지만…
아이와 많은 시간을 같이 보내지 못하는 건
언제나 마음에 걸린다.

한 폭풍 지나가면 아이랑 많이 놀아야지!
라고 다짐했는데…
서울 법인에 큰일이 생겨버렸다.

꼼짝없이 외근, 출장, 회의…

바쁜 와중에도 항상 아이가 생각난다.

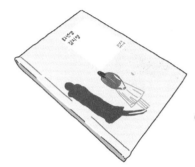

화제의 베스트셀러 《82년생 김지영》
이 책은 80년대생 여성의 삶을 잘 풀어냈다.

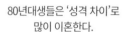

80년대생들은 '성격 차이'로
많이 이혼한다.

자기야~
야식 배달
시킬까?

치킨 먹을래?
자기?

깨가 쏟아지던 신혼부부는…

주로 출산, 육아를 거치며
성격 차이를 느낀다.

라고 물으시는 분들의 얼굴을
보고 있자면

이게 과연 '성격 차이'의 문제가 맞나…
하는 생각을 하게 된다.

80년대생 여성들의 가장 흔한 고충은,
결혼 전 사회생활을 해나가다

아이 낳고 육아에 전념하다 보니
자존감도 떨어지고…

남편은 육아를 시간 있을 때 '도와주는'
개념 정도로 생각한다는 것이다.

이와 관련된 인터넷 글이라도 뜨면,
댓글 창은 그야말로 전쟁터가 되어버린다.

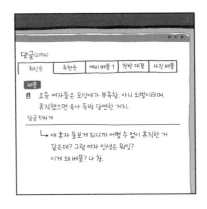

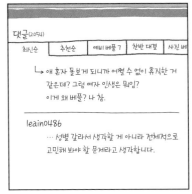

육아 문제는 성 역할이나
남녀의 대립 구도 안에서 해결되기 힘들다.

… 결국 이혼을 결심했던 의뢰인은
남편과 다시 잘 해보기로 마음먹고
집으로 돌아갔다.

그런데…

왜 그렇게
쪼아?! 응?!

그럼 네가
돈을 벌든가!
나 좀 쉬게!!

… 뭐?

전업주부가 쉬워 보였는지
남편은 자기가 살림을 맡고 싶어 했다.

…

…

역할을 바꾸기로 한 부부.
의뢰인은 다시 회사에 출근했다.

지금 보시는
기획 PT는 여러
광고업체에 포워딩된
상태이며…

근데 이게 웬걸. 의뢰인은 능력을
인정받아 회사의 임원이 되었다.

이제 아기도 웬만큼 컸고 돈도 잘 버시는데, 왜 다시 이혼을 하려고 하세요.

저는 3년 넘게 아이를 혼자 키웠는데…

남편은 애 키우는 게 너무 힘들다고 징징거려요.

아기는 인스턴트나 먹이고…

외롭다고 징징대고… 더는 도저히 못 살겠어요.

충격이었다.

의뢰인은 내가 항상 남자 의뢰인들에게 듣던 이야기를 들려주었던 것이다.

입장을 바꿔놓으니…
상대와 똑같이 말하는 사람들.

온종일 청소하고
밥하고 애 둘 재우고
기다리면 젊은 남자
직원들하고
회식이나 가고!

저 여자
바람난 거 같아요,
재판장님!

말도 안 되는
소리예요!

자기가 일할 땐
새벽에 들어오고
그랬으면서!!

82년생 김지영, 김지훈(80년대생 가장 흔한 남자 이름)들이
흔히 겪는 이 문제는 남녀 대립, 성격 차이보다

그저 '입장' 차이에서 오는 것이란
사실을 깨닫게 해준 사건이었다.

육아에 부부 중 한 사람이
좀 더 많은 시간을 할애할 순 있지만

빨리 들어와.
나 너무
힘들어~ 응?

그것을 누군가의 전담으로
볼 수는 없지 않을까.

육아는 아빠, 엄마의
공동 책임이다.

… 조정 기일
후에 재판을
재개하겠습니다.

둘리번

맘마~
빱빠?

이것은 이혼을 해도
변치 않는 사실일 것이다.

80년대생들을 '낀 세대'라고
표현하고 싶다.

육아 휴직을
한 번 더 했으면
해서요….

응? 그게 무슨
소리에요? 한창
바쁜데….

가부장적이고 남성 중심적이었던
이전 세대와는 다르지만

아직도 법제화가
안 됐대요?
에휴….

80년대생들의 삶이
나아지도록 법과 인식이 바뀌는 걸
기다리다가 할머니가
되어버릴지도 모르겠다.

안타깝게 해체되는 젊은 부부들….

일과 육아, 이 두 마리의 토끼를 잡기 위해
부부 싸움이 끊이지 않는

이 시대 지영이와 지훈이에게
이야기하고 싶다.

부부가 모든 문제를 다 해결할 수 없을 땐
꼭 전문적인 제3자에게 도움을 청하라고.

퇴근 후 새벽 2시.
나도 82년생 김지영.

김지영·김지훈 파이팅!

결혼한 친구들의
결혼하지 말라는 말

결혼하기 전을 떠올려보면 결혼한 친구들은 꼭 그렇게 결혼하지 말라고 했다. 그 이유가 정말 궁금했다. 그런데 내가 결혼을 하고 나서 미혼인 친구에게 똑같이 그 말을 하게 되기까지는, 그렇게 오랜 시간이 걸리지 않았다.

사실 나는 결혼을 하고 더 행복했었다. 신혼 초, 언니와 둘이 해외여행을 가면서 남편의 티셔츠를 가지고 간 적이 있을 정도니까. 해외에서도 집에서 남편과 있는 것처럼 안정감을 갖고 싶었던 것이다.

그런데 아이가 태어난 지 얼마 안 됐을 때, 한 1년은 제대로 못 먹고 못 잤을 어느 날, 오랜만에 만난 친구를 보니 나 힘든 것 좀 알아줬으면 하는 마음이 들었다. 그래서 울컥하며 쏟아냈던 말.

"넌 결혼하지 마."

내가 해보니 그 말의 진짜 의미를 알 수 있었다.

결혼한 이들의 결혼하지 말라는 말은, 결혼하면 불행해질 거라는 뜻이 아니다. 혼자일 때보다 훨씬 더 행복해질 수 있지만, 그 행복을 얻으려면 상상 이상의 노력이 필요하다는 뜻. 그러니까, '각오하라'는 말 아닐까.

명절 후엔 이혼 상담이 늘어난다.

여성에게 치우친 가사,

제사 부담,

장서 갈등.

비교….

이런 명절 스트레스가 쌓일 대로 쌓여,
이혼을 결심하게 되는 것이다.

만약 지금 이 순간, 당신의 사랑스러운 님께서
이불을 뒤척이고 있다면

"미안해, 내가 더 잘할게."
따뜻한 말 한 마디, 먼저 건네는 건 어떨까?

물론, 말 한마디로 그치면
또 싸우게 된다.

명절 이혼의 주된 원인은…

부모와 한 팀이 되어
배우자를 공격하는 것이다.

이 상처는

치유되기 힘들다.

마음을 되감아보자.

부부는 언제나 '한 팀'이 되어야 한다.

배려와 사랑의 '한 팀'

자,

마음을 다 되감으셨나요?

이제부터 다시 녹화해 주세요.
배려와 사랑으로만.

_____ 사이다는 없다

그 인간 재산 다 빼고 빈털터리로 만들어주세요!!

다양한 상처를 지닌 채,
나를 찾아오는 의뢰인들.

재판에 끌어내서 싹싹 빌게 해주세요!

폭력 피해자 의뢰인.

소송을 한 5년은 끌어서 피가 마르게 해주세요.

이혼해달라고 노래를 부르는
유책 배우자*를 둔 의뢰인.

빨리 도망가고 싶어요….

*유책 배우자: 혼인의 파탄에 책임이 있는 배우자

상습 가정 폭력 피해자 의뢰인.

고된 삶이 녹아 있는
각각의 표정들을 마주할 때
뭐라고 설명해야 할지 막막해지는
순간들이 있다.

우리 법에서는 가정 내 가해자를
빈털터리로 만들 수도,

싹싹 빌게 할 수도,
소송을 원하는 만큼 끌 수도

위자료 1억을 내게 할 수도,
재판을 한 달 만에 끝낼 수도 없기에.

무기력하고 죄송한⋯ 실망스러운
말씀을 드려야 하는 순간들이 있다.

"솔직히
말씀 드리면⋯"

참 슬픈
말이네.

의뢰인들의 요구와 법의 기준,
그 중간에서 내가 할 수 있는
최선을 고민하고

법의 테두리 내에서 의뢰인의 한을
풀어내려고 최선을 다하더라도

변호사님! 아주
속이 다 시원해요!!
사이다 날려주셔서
감사해요!!

법정 드라마 같은 사이다 결말은
불행히도 많지 않다.

오히려 현실은

이것이 이혼 소송의 보통 결말이다.

그래도 소송 후에 한결 편안해진
그분들의 미소를 보며 위안을 받는다.

그분들에게 천둥, 번개가 지난 후 잔잔하고
촉촉해진 땅처럼 안도감을 드리고 싶다.

그리고 외도·폭행 위자료는
훨씬 높아져야 한다. 높아야만 한다.

가정 폭력 미투

SNS에 가정 폭력 사건에 관한 에피소드를 올리고 나서 댓글로, DM으로 정말 많은 분들이 자신의 어린 시절 가정 폭력에 대해 털어놔 주셨다. 심지어 만화를 보고 내 지인들이 자신의 아픔을 고백해오기도 했다. 내 SNS에서 가정 폭력 미투가 일어난 것이다.

이렇게 많은 사람들이 가정 폭력에 노출되어 있었다니. 나는 왜 전혀 알지 못했을까.

가정 폭력으로 나를 찾는 분들은 항상 많았다. 그러나 한 병원에 환자가 많다고 해서 세상에 아픈 사람들이 많다고 일반화할 수 없듯이, 나를 찾는 분들이 많다고 가정 폭력이 많을 거라곤 생각하지 못했다. 그런데 SNS를 하게 된 이후에는 배우자의 폭력을 참아오며 살아온 사람들, 부모의 폭력을 보고 자란 자녀들이 생각보다 훨씬 많을 수도 있겠다는 생각이 든다.

가까운 사람에게조차 말하지 못해서 그렇지, 사실 대부분의 여성이 살면서 한 번쯤은 성범죄를 겪곤 한다. 가정 폭력도 어쩌면 정확한 통계를 내는 것이 본질적으로 불가능해서 그렇지, 우리 사회에서 수십 년간 '그럴 수도 있지' 하는 문제로 덮여 있었을지도 모르겠다.

사랑에도, 헤어짐에도 타이밍이 있다

이혼 소장을 받아온 젊은 여성분.

무슨 일로 오셨어요?

남편이 여자가 있다고… 헤어지자고 소장을 보냈어요.

유책 배우자 이혼 청구라…

기각시킬 가능성도 있긴 하니, 잘 생각해 보세요.

이혼을…

꼭 해줘야 하는 건 아니라는 거죠?

마음이 더 편해질 방향으로 결정하시면

그쪽으로 소송 전략을 세울게요.

며칠 후.

생각해 봤는데… 절대 이혼 안 해줄래요.

둘이 평생 이어질 수 없게…

네….

그 마음 이해해요.

두 달 후.

의뢰인은 완강했다.

이혼 의사가 서로 불일치할 때는

양쪽 의견을 들어보는 것뿐이에요.

후…

제가 좀 날이 서 있나 봐요.

그러실 수 있죠. 힘든 시기니까요….

어떻게든 가정 지켜 드릴게요.

….

그리고 재판.

바람피운 거 인정합니다. 죄송해요.

그런데 판사님, 이혼은 꼭 시켜주세요.

의뢰인이 완강한 만큼 남편도 완강했다.

6개월 넘게 싸워 오셨는데…

기각 판결 앞에서 무슨 말씀이세요….

복수심이라고 생각했어요.

너무 상처받아서 갚아주고 싶은 거라고.

근데 제 마음을 들여다보니

미련이었나 봐요.

좋았던 날들이 더 많았으니까.

미련이든 복수심이든 그게 중요한가요?

지금 원하시는 대로 하면 되죠. 떠밀려서 이혼하실 건 없어요.

결국, 판결 선고를 앞두고 변론 재개를 신청했고,
쌍방 이혼 합의 및 위자료 지급으로
사건을 마무리했다.

사랑에 타이밍이 있듯 헤어짐에도
타이밍이 있는 걸까.

쓱

소장을 받아서 결정한 이혼이 아닌,
자기 마음이 허락할 때 하는 이혼.

마음의 찌꺼기를 조금은 덜 남겼을지도
모른다고 생각했다.

변호사 생활을 하며 큰 희열을
느끼는 순간들이 있다.

1심에서 패소한 사건이

2심에서 뒤집히는 그 순간의 기쁨. 안도.

아이고!
아이고!!

저 외국 혼자
갔어요! 저 여자
의부증이라고
몇 번 말해요!

그리고 계속해서 거짓말을 하던
상대방의 가면이 벗겨지는 순간.

출입국 사실 조회
회신에서 피고 1과 피고 2가
같은 날 출입국한 사실이
확인되었습니다.

난 참 감사한 희열을 느낀다.

같은 날
출입국했다고
같이 간
건가요?!

우연이에요!
우연!!

항공기
옆 좌석에 타신 것도
확인했는데,

이것도
우연인가요?

재판장님,
외도는 인정
하겠습니다.

근데 제가 빚이
많아요. 선처 좀
해주세요.

피고석

거짓말만 하는 데 급급했던 당사자가
잘못을 인정했을 때의 희열.

그중 가장 큰 기쁨은

사건 후, 의뢰인들이 보내주시는
좋은 소식과 감사 인사.

상담은 내 천직이고,
변호는 너무나 감사한 일이다.

여러분은 어떨 때
직업적 희열을 느끼시나요^^

행복해서 눈물 흘려본 적 있나요?
그냥, 마냥 좋아서… 웃음이 아니라
눈물이 나오는.

꿈을 이루었을 때의 행복.

고생이 끝났을 때의 행복.

안도감에서, 사랑에서 오는 행복.

몇 년 전의 홍콩 여행.

너무 맛있어서 느끼는 행복.

감사함에서 오는 행복.

행복해서 울컥했던 적 있나요?
앞으로 그런 일들만 가득하시길-

우리 이만 헤어져요

1판 1쇄 발행 2019년 8월 21일
1판 5쇄 발행 2024년 11월 7일

지은이 최유나
그린이 김현원

발행인 양원석 **편집장** 김건희
디자인 남미현, 김미선
영업마케팅 조아라, 박소정, 한혜원, 한유진

펴낸 곳 ㈜알에이치코리아
주소 서울시 금천구 가산디지털2로 53, 20층 (가산동, 한라시그마밸리)
편집문의 02-6443-8902　　**도서문의** 02-6443-8838
홈페이지 http://rhk.co.kr
등록 2004년 1월 15일 제2-3726호

ⓒ 최유나 김현원 2019, Printed in Seoul, Korea

ISBN 978-89-255-6727-3 (03810)